明·黃鳳池輯

唐詩畫譜

七言畫譜

明·黃鳳池 輯

唐詩畫譜

七言畫譜

唐詩七言畫譜叙

世稱三不朽謂文也詩也畫也蓋必天精天粹畫倫畫制斷爲不刊之典稍有未善東之高閣而已故以文論上之六經四書次之左國班馬再次之李杜王孟韓柳歐蘇曾程張朱此可以言不朽以字論上之李蔡鍾王次之歐虞褚薛顏柳張李再次之蘇黄米蔡趙宋文祝姑可以言不朽以畫論如晉之顧愷之宋

之陸探微梁之張僧繇唐之閻李王韓宋之李鄭蘇米元之趙載沈呂我明之唐周文莫此可以云不朽其餘論所未及者大都散在天壤間未能會而為一時而諷詠則乏臨

摹時而臨摹又乏繪畫將安取裁哉新安鳳池黃生夙抱集雅之志乃詩選唐律以為吟哦之資字求名筆以為臨池之助畫則獨任冲寰蔡生博集諸家之巧妙以佐繪士

之馳騁即其富而宏精而粹
究竟睥睨示兒百物具在錚錚
刮目又若御府珍藏彝鼎瑚
璉物物可愛又若上苑天花千
紅萬紫色色動人好古之士任
意游衍殆一舉而三得手之生

之因心可謂勤而精美矣余与雲
程有傾蓋之雅因其能正
特為之叙以識不朽云
錢塘林之盛撰
虎林沈鼎新書

唐詩七言畫譜目錄

七言畫譜目錄

絶江戴士英書

九日　德宗皇帝

禁苑秋来爽氣多昆
明風動起滄波中流
簫鼓誠堪賞詎假横
汾發棹歌　徐乹

唐詩畫譜

九日　德宗皇帝

禁苑秋來爽氣多，昆明風動起滄波。中流簫鼓誠堪賞，詎假橫汾發棹歌。

觀獵

王昌齡

角鷹初下秋草稀鐵驄抛鞚去如飛少年獵得平原兔馬後橫捎意氣歸

仁和沈鼎新

李白　峨眉山月歌

峨眉山月歌　李白

峨眉山月半輪秋
影入平羌江水流
夜發清溪向三峽
思君不見下渝州

沈白書

[illegible]

江畔獨步尋花　杜甫

黃四孃家花滿蹊千朶萬朶壓枝低留連戲蝶時二舞自在嬌鶯恰二啼

新安俞士仁

葉道士山房 顧況

水邊垂柳赤欄橋，洞裏仙人碧玉簫。
近得麻姑書信否，潯陽江上不通潮。

姚江胡應宿

[illegible]

少年行

新豐美酒斗十千
咸陽遊俠多少年
相逢意氣為君飲
繫馬高樓垂柳邊

歸林盛可繼

逢鄭三遊山　盧仝

相逢之處草茸茸石壁攢
峰千萬重他日期君何
處好寒流石上一株松

徐方來

[illegible]

晚秋閑居　白居易

地僻門深少送迎
披衣閑坐養幽情
秋庭不掃攜藤杖
閑踏梧桐黃葉行

西林自庵書

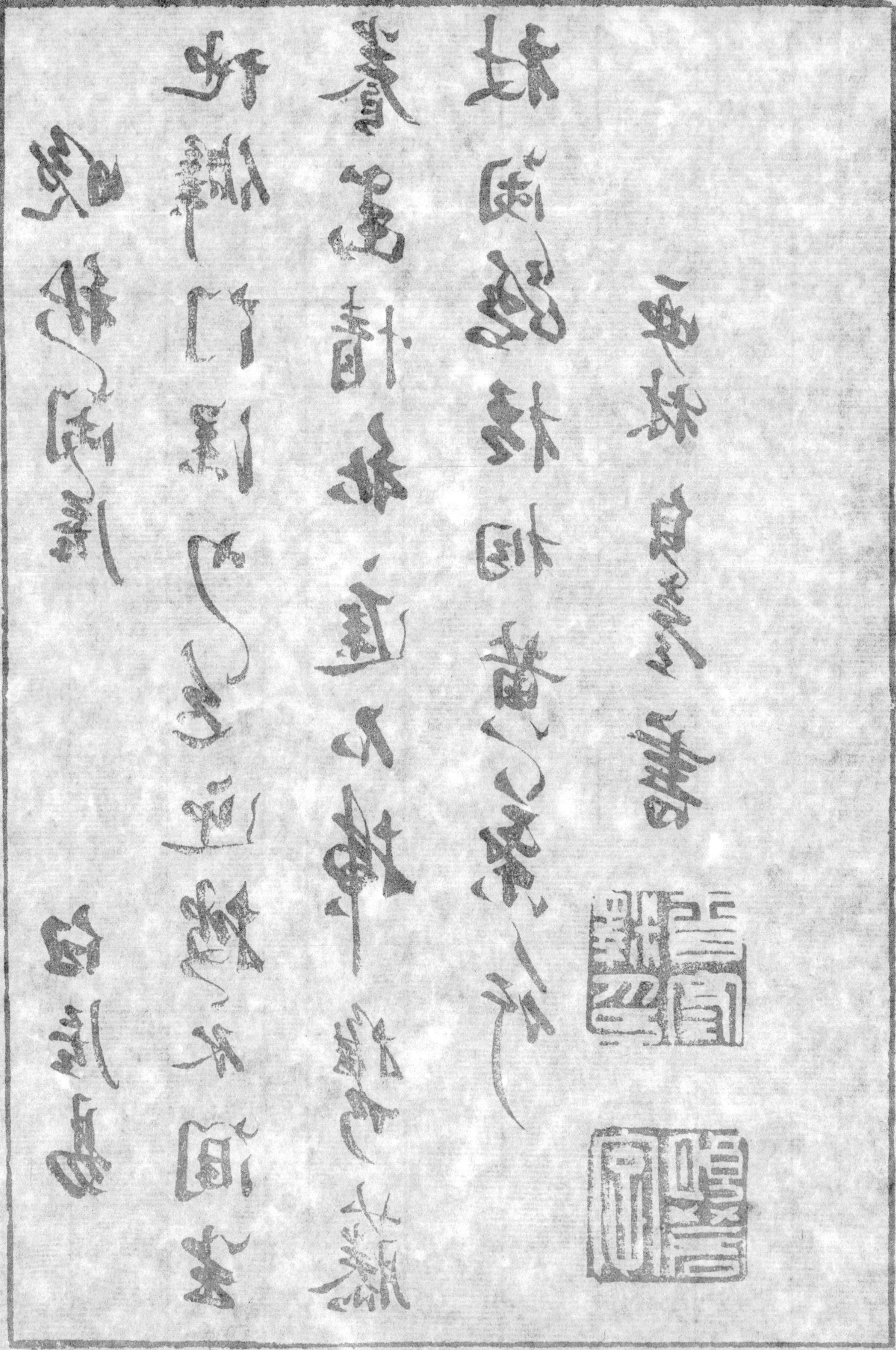

唐詩畫譜

白居易　晚秋閑居

七言畫譜

夜泊湘川　劉禹錫

夜泊湘江逐客心，月明猿苦血沾襟。湘妃舊竹痕猶淺，從此因君染更深。

沈[illegible]書

七言畫譜

劉禹錫　夜泊湘川

[illegible]

唐詩畫譜

劉禹錫　夜泊湘川

七言畫譜

別裴九弟　賈至

西江萬里向東流今夜江
邊駐客舟月色更添春
色好蘆風似勝竹風
幽

虎林陳起鼇

聽張立本女吟　高適

危冠廣袖楚宮糚獨步
閒庭逐夜涼自把玉釵
敲砌竹清歌一曲月如霜

士彥甫

高適　聽張立本女吟

唐詩畫譜

[illegible]

[illegible]

[illegible]

早梅

張謂

一樹寒梅白玉條
迥臨村路傍溪橋
不知近水花先發
疑是經冬雪未消

虎林釋明經書

三日尋李九莊　常建

雨歇楊林東渡頭永和
三日盪輕舟故人家在
桃花岸直到門前溪
水流

師林陸維謙書

春行寄興　李華

宜陽城下草萋萋澗水
東流復向西芳樹無人
花自落春山一路鳥空
啼

錢塘何之元

唐詩畫譜

李華 春行寄興

七言畫譜

春行寄興　李華

宜陽城下草萋萋，澗水東流復向西。芳樹無人花自落，春山一路鳥空啼。

採蓮詞　張朝

朝出沙頭日正紅，晚來雲起半江中。賴逢隣女曾相識，並著蓮舟不畏風。

姚江戴士美

滄海遺珠

唐詩畫譜

張朝　采蓮詞

七言畫譜

朝出沙頭日正紅
晚來雲起半江中
賴逢鄰女曾相識
並著蓮舟不畏風

采蓮詞　張朝

南中感懷　樊晃

南路蹉跎客未回
常嗟物候暗相催
四時不變江頭草
十月先開嶺上梅

朱煒然

[illegible]

桃花磯

張顛

隱隱飛橋隔野烟，石磯西畔問漁舡。桃花盡日隨流水，洞在清溪何處邊。

朱杰

暮春歸故山草堂 錢起

谷口春殘黄鳥稀辛夷花
盡杏花飛獨憐幽竹山牕
下不改清陰待我歸

新安俞文龍

七言畫譜
郎士元
柏林寺南望

柏林寺南望

谿上遙聞精舍鐘，泊舟微逕度深松。青山霽後雲猶在，畫出西南四五峰。

右郎士元

新都賀書

[illegible]

[illegible]

[illegible]

[illegible]

[illegible]

[illegible]

[illegible]

[illegible]

七言畫譜

劉長卿 尋盛禪師蘭若

秋草黃花覆古阡
隔林何處起人煙
山僧獨在山中老
唯有寒松見少年

尋盛禪師蘭若 劉長卿

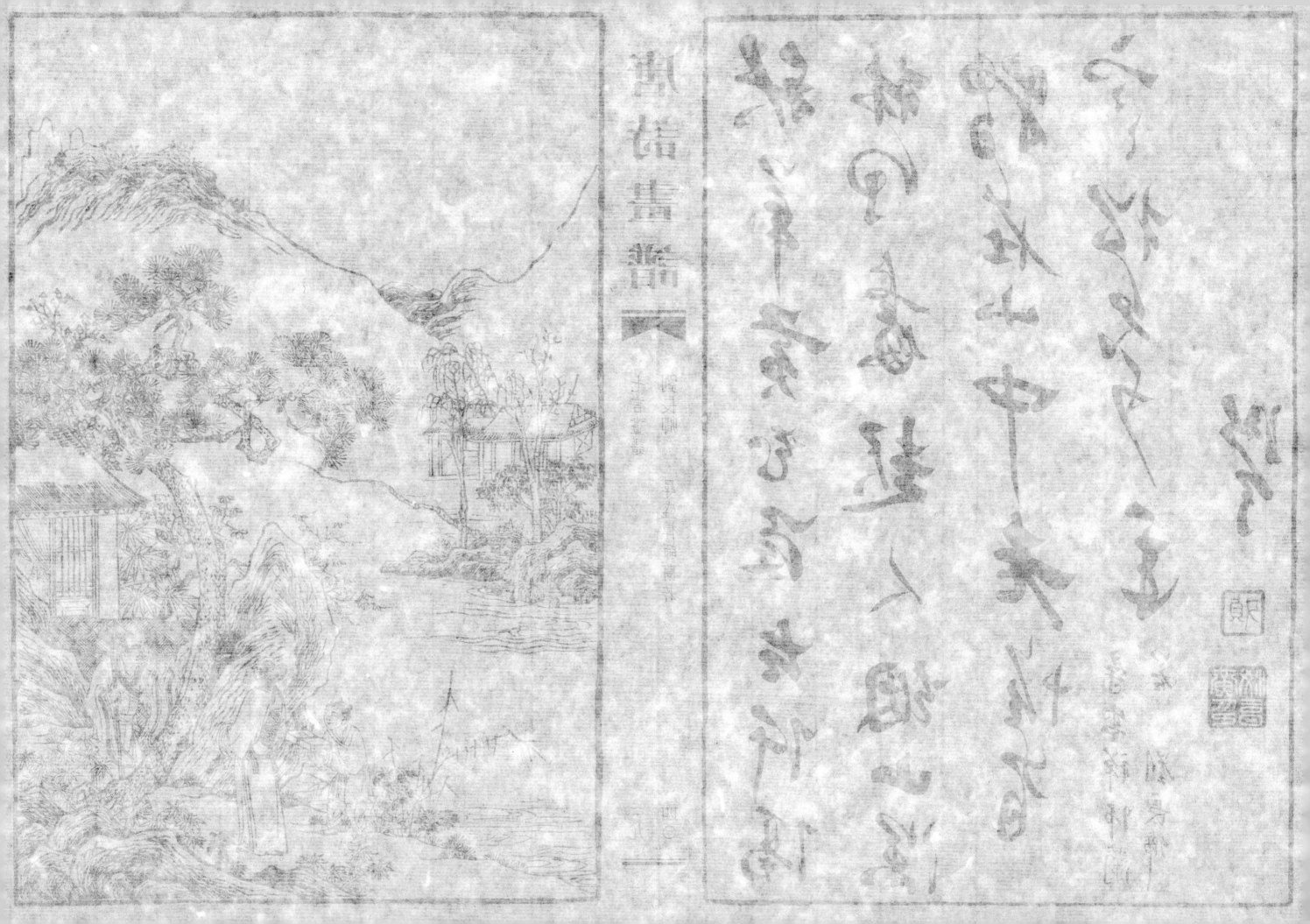

[illegible]

劉長卿 [illegible]

唐詩畫譜

[illegible]

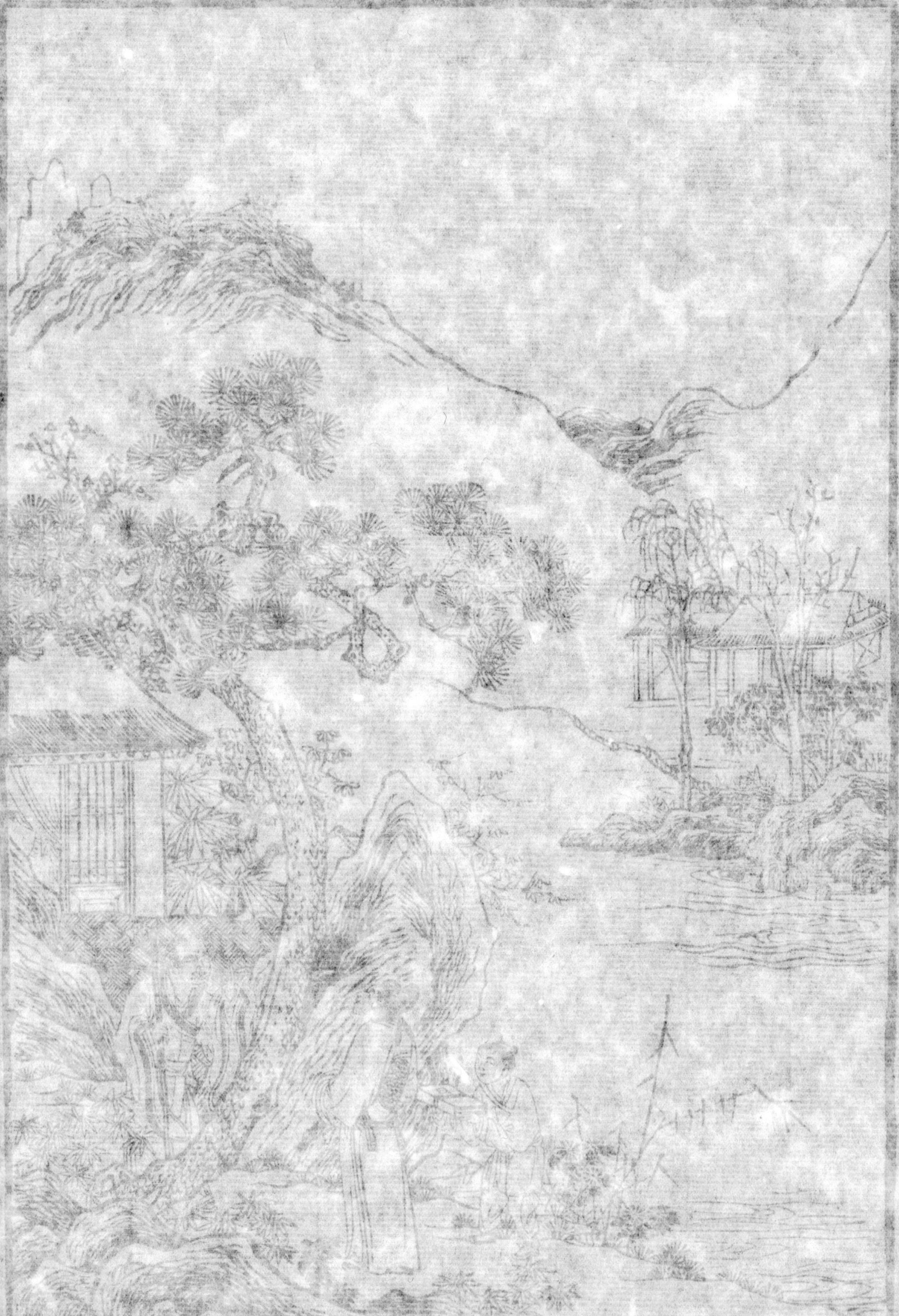

山中　盧綸

饑食松花渴飲泉，偶從山後到山前。陽坡軟草厚如織，困與鹿麛相伴眠。

蒨竹生

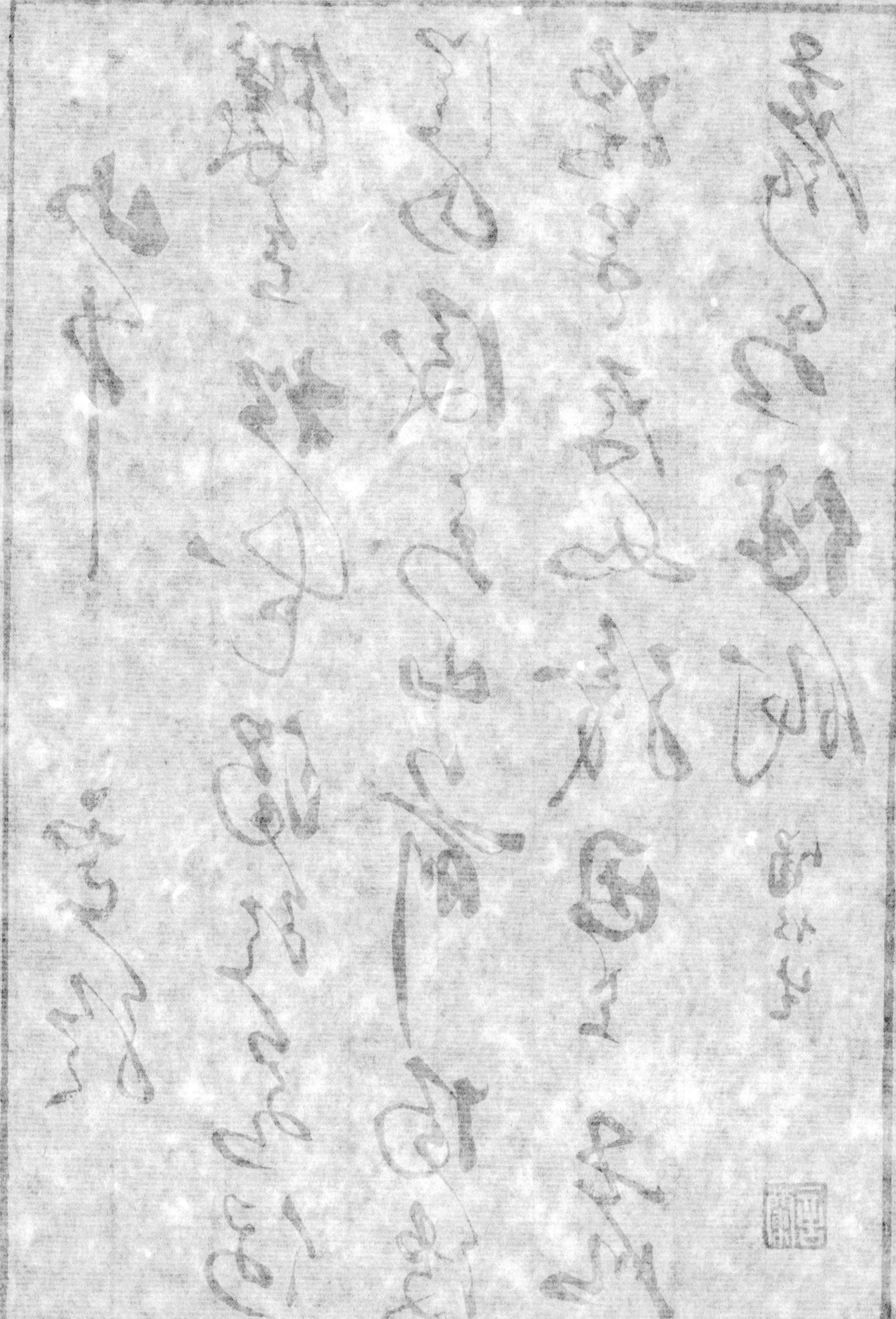

萬語畫譜

蘭竹 山中

上吉畫譜

四四

題開聖寺　李涉

宿雨初收草木濃羣鴉
飛散下堂鐘長廊無事
僧歸院盡日門前獨看
松

西天目僧賓

羽林少年行　韓翃

駿馬牽來御柳中，鳴鞭欲向渭橋東。紅蹄亂蹋春城雪，花頷嬌嘶上苑風。

羽林王鏌

西亭晚宴 朱可久

虫聲已靜菊花乾共坐
松陰向晚寒對酒看山
俱惜去不知斜日下
闌干

樹屋老人沈文定

[illegible]

唐詩畫譜

七言畫譜

四八

四十

詠蘭　　裴度

天產奇葩在空谷，佳人作佩有餘香。自是淡妝人不識，任他紅紫亂芬芳。

甲寅冬日阿湅書時在聽雪簃

常熟自玉沈鼎新

裴度　詠蘭

李益

汴河曲

汴水東流無限春
隋家宮闕已成塵
行人莫向長堤望
風起楊花愁殺人

新安汪元遇

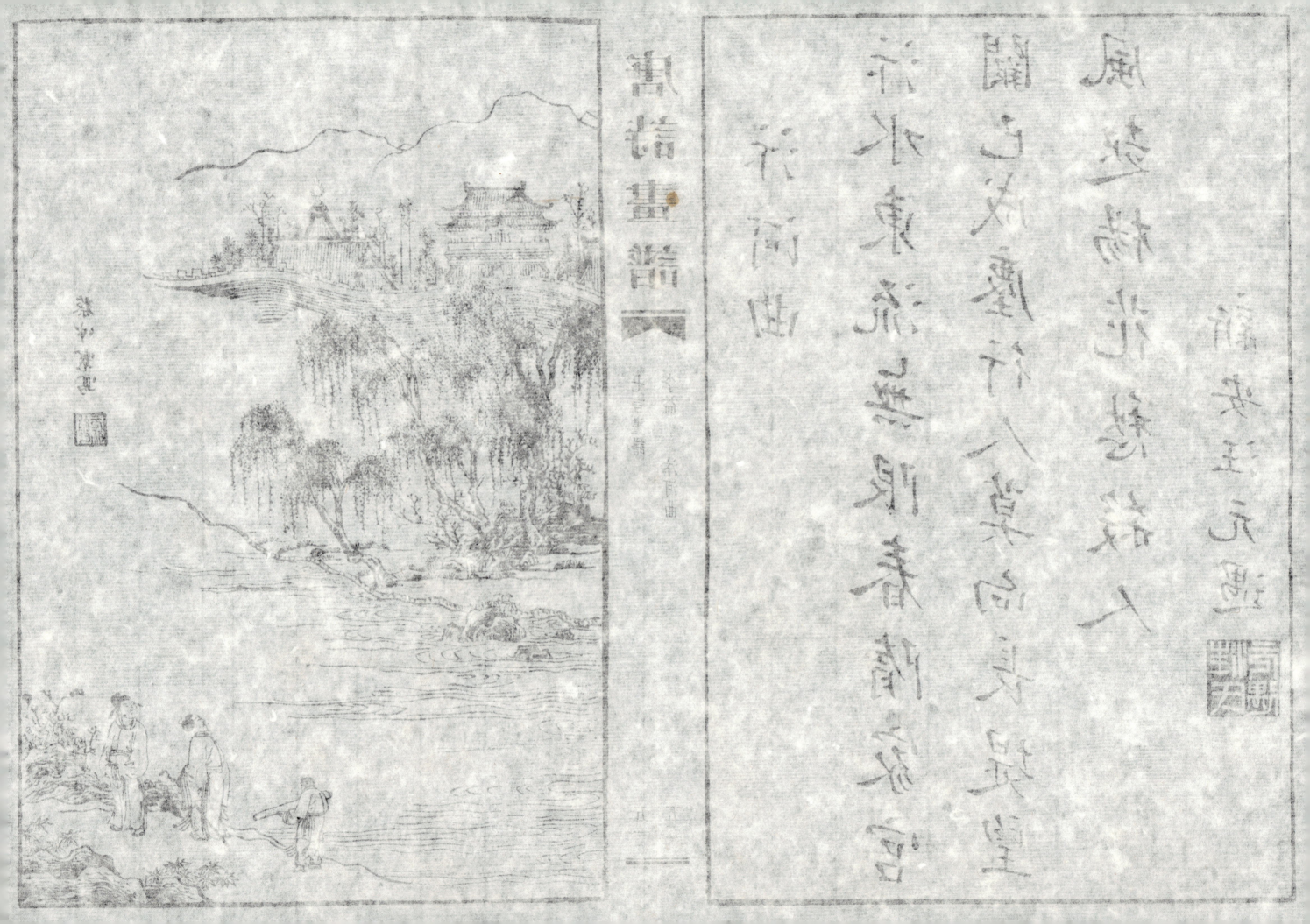

昌谷新竹　李賀

籜落長竿削玉開君看
母筍是龍材更容一夜抽
千尺別却池園數寸埃

鳳林沈鼎新

沈鼎新

秋夕　竇鞏

護霜雲暎月朦朧
烏鵲爭飛井上桐
夜半酒醒人不覺
滿地荷葉動秋風

王汝謙書

唐 廬山瀑布 徐凝

虛空落泉千仞直，雷奔入江不暫息。千古長如白練飛，一條界破青山色。

慧生注墨

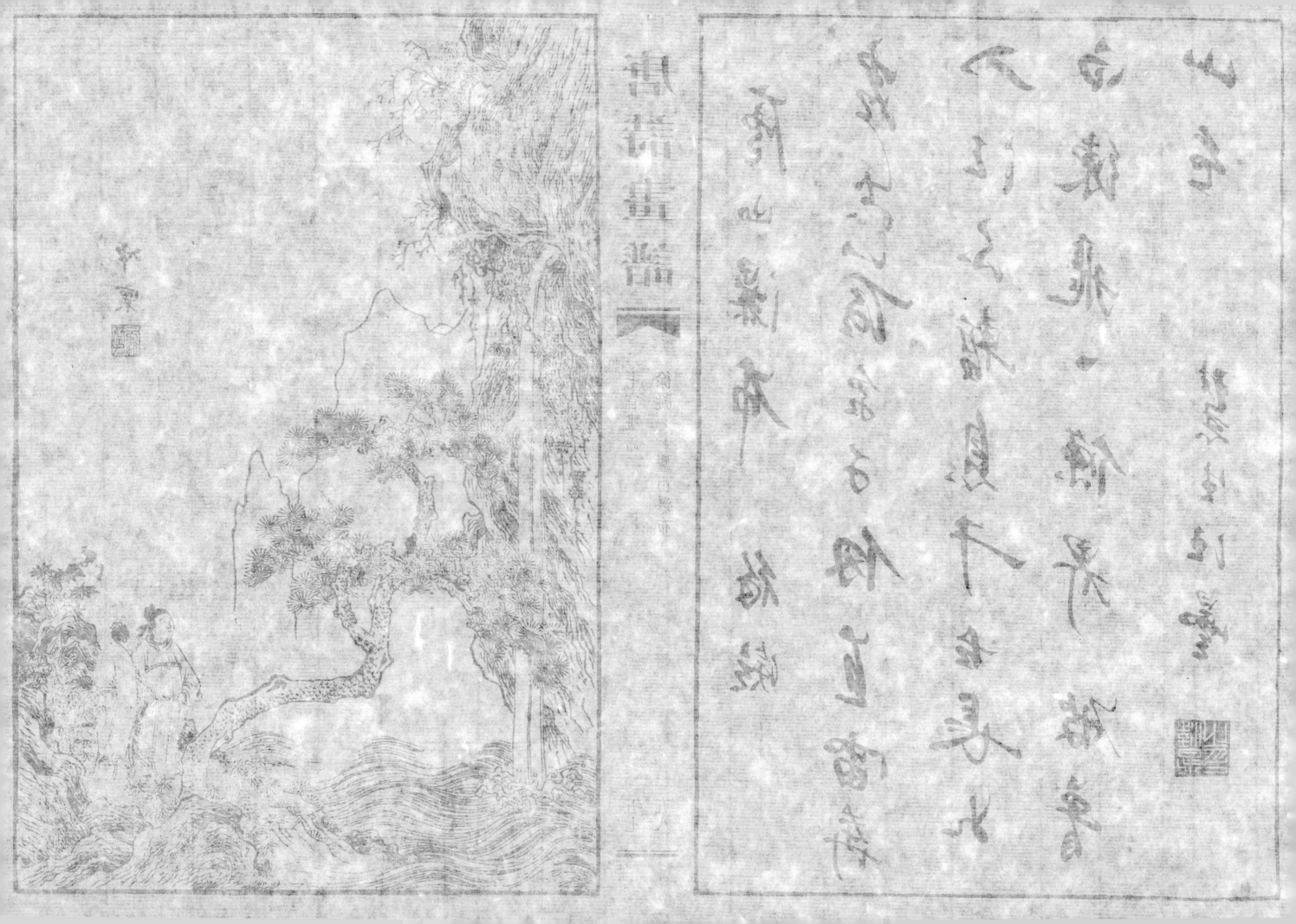

唐詩畫譜

七言畫譜

王右丞　戲題盤石

可憐盤石臨泉水
復有垂楊拂酒杯
若道春風不解意
何因吹送落花來

[illegible]

西宮秋怨　王昌齡

芙蓉不及美人妝水殿風來
珠翠香卻恨含情掩秋
扇空懸明月待君王

虎林錢旭

郡中即事

羊士諤

紅衣落盡暗香殘，
葉上秋光白露寒。
越女含情已無限，
莫教長袖倚欄干。

董其昌

董氏玄宰

[illegible]

唐詩畫譜

題潘師房　劉商

渡水傍山尋絕壁，白雲飛處洞門開。仙人來往行無跡，石徑春風長綠苔。

王洋

唐詩畫譜

[illegible]

[illegible]

春詞 施肩吾

黃鳥啼時春日高
紅芳開盡井邊桃
美人手暖裁衣易
片片輕花落剪刀

吳興下昂大儒書

唐詩畫譜

[illegible]

[illegible]

宿青陽驛　武元衡

空山搖落三秋暮螢過疏
簾月露團寂寞孤燈愁
不寐蕭蕭風竹夜窗寒

雨林燕如鵬

七言畫譜
武元衡　寄青陽驛

歸燕獻主司　章孝標

舊壘危巢泥已落
今年故向社前歸
連雲大廈無棲處
更傍誰家門下飛

司任子書

章孝標　歸燕獻主司

家　白石山房

湖樓百尺倚江[illegible][illegible]下
故園[illegible][illegible]歸重[illegible]大[illegible]
落葉[illegible]菊花已[illegible]今年
[illegible][illegible][illegible]日[illegible][illegible]書

寄諸弟　韋應物

秋草生庭白露時，故園諸弟益相思。
盡日高齋無一事，芭蕉葉上獨題詩。

新安[illegible]

[illegible]

移家别湖上亭　戎昱

好是春風湖上亭，柳條藤蔓繫離情。黄鶯久住渾相識，欲別頻啼四五聲。

雨林俞之鯨

伏冀西洞送人　陳羽

洞裏春晴花正開，看花出洞幾時回。殷勤好去武陵客，莫引世上相逢來。

用林盛丙題

七言畫譜

陳羽　伏冀西洞送人

春郊醉中　熊孺登

三月踏青能幾日
百回添酒莫辭頻
看君倒卧楊花裏
始覺春光解醉人

唐熊孺登詩　醉中書

[illegible]

江南春

李約

池塘春暖水紋開隄柳垂絲間野梅江上年：芳意早蓬瀛春色逐潮来

句餘胡以賓書

牡丹

張又新

牡丹一朵直千金將謂從來色最深今日滿叢開似雪一生辜負看花心

仲秋望後八日書於城南之惺室 自新

唐詩畫譜

七言畫譜

張又新 牡丹

唐詩畫譜

七言畫譜 八

秋叢遶舍似陶家遍遶籬邊日漸斜不是花中偏愛菊此花開盡更無花

江南意　　于鵠

偶向江頭採白蘋
還隨女伴賽江神
衆中不解分明語
暗擲金錢卜遠人

孟冬書於城南之惺室中

沈維垣

菊花

元稹

秋叢繞舍是陶家，遍绕籬邊日漸斜。
不是花中偏愛菊，此花開盡更無花。

虎林汪懋學

菊花　元稹

秋叢繞舍似陶家，遍繞籬邊日漸斜。不是花中偏愛菊，此花開盡更無花。

武林汪懋學

春女怨　朱絳

獨坐紗窗刺繡遲，紫荊枝上囀黃鸝。欲知無限傷春意，盡在停針不語時。

沈維藩

十五夜望月　王建

中庭地白樹棲鴉冷露無
聲濕桂花今夜月明人
盡望不知秋思在誰家

青浦張以誠

[illegible]

九一

題獨孤少府園林　陸暢

四面青山是四鄰
煙霞成伴艸成茵
年年洞口桃花發
不記曾經迷幾人

金陵焦竑書

竹裏梅　劉言史

竹裡梅花相並枝梅花
正發竹枝垂風吹總向
竹枝上直似王家雪下時

朱之蕃

唐詩畫譜

贈藥山高僧惟儼

李翺

練得身形似鶴形，千株松下兩函經。我來問道無餘說，雲在清霄水在缾。

張鳳翼

松風[illegible]

鶴去[illegible][illegible]音[illegible]石上林
下西風[illegible]來因[illegible][illegible]
[illegible][illegible][illegible][illegible][illegible][illegible][illegible]千載林
[illegible][illegible]已[illegible][illegible][illegible]藏

[illegible]書

閨情　李端

月落星稀天欲明孤燈未
滅夢難成披衣更向門前
望不悶朝來喜鵲聲

廣陵單思恭

香不關頭暖[illegible]來[illegible][illegible][illegible]

[illegible][illegible][illegible]次[illegible][illegible][illegible][illegible][illegible]南

風[illegible]星帶[illegible][illegible][illegible][illegible]

閨[illegible][illegible][illegible]

[illegible][illegible]半[illegible]來

七言畫譜

蜀中賞海棠

鄭谷

蜀中賞海棠　鄭谷

濃淡芳春滿蜀鄉，半隨風雨斷鶯腸。
浣花溪上堪惆悵，子美無情為發揚。

虎林程明經

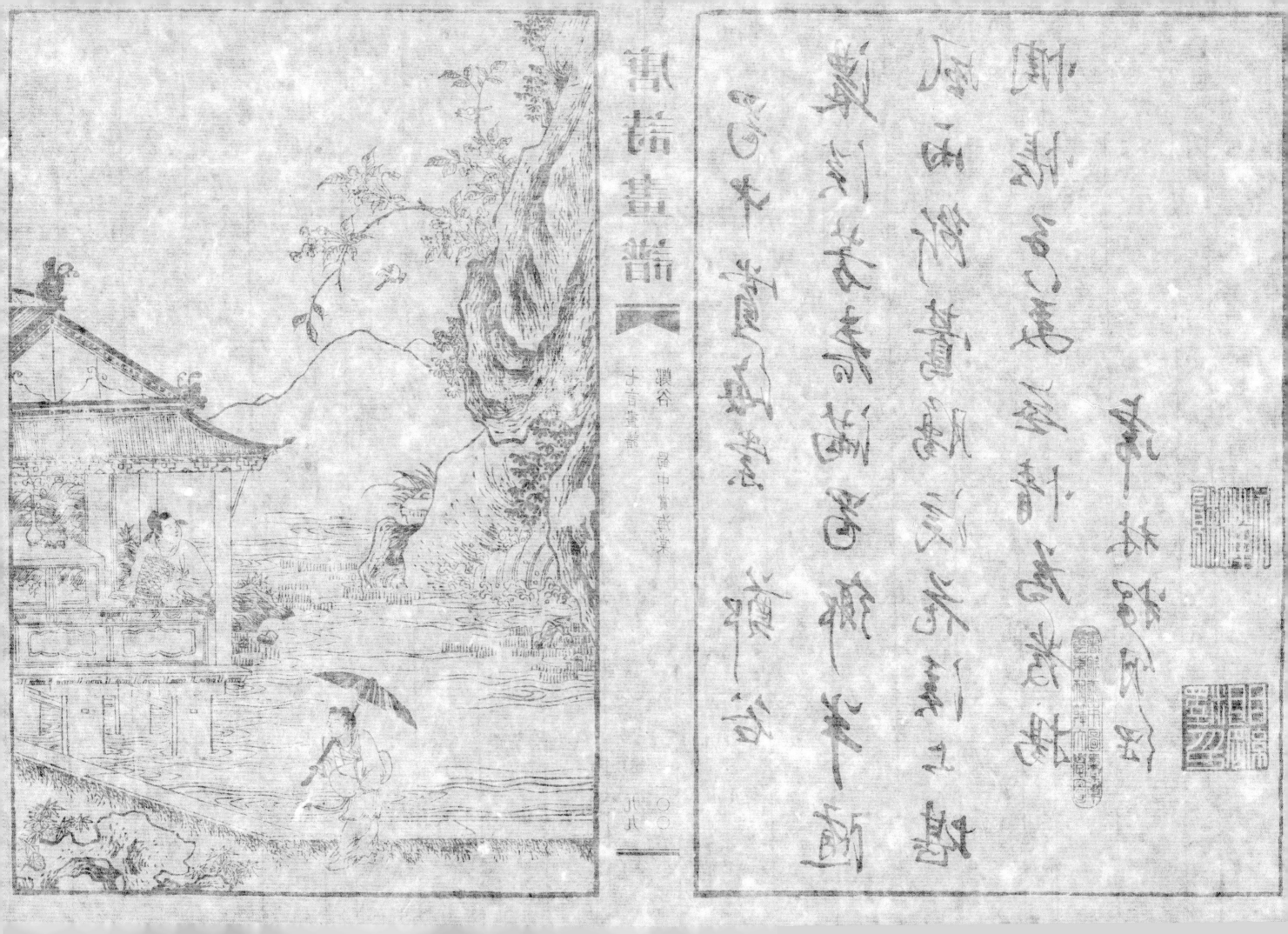